# 풍경이
# 앉은
# 찻집

임종순 시집

대표시를 저자의 낭송으로 들어 보세요!

이 도서에는 저자의 시 낭송으로 연결되는 QR코드가 있습니다. 스마트폰에서 [네이버] 앱을 다운로드 하여 실행한 후 검색창 옆의 아이콘을 눌러 QR코드를 스캔해 주세요. 시인의 목소리가 새로운 감동을 선사합니다.

**초판 발행** 2017년 12월 15일
**지은이** 임종순
**펴낸이** 안창현 **펴낸곳** 코드미디어
**북 디자인** Micky Ahn
**교정 교열** 백이랑
**등록** 2001년 3월 7일
**등록번호** 제 25100-2001-5호
**주소** 서울시 은평구 갈현로 318-1 1층
**전화** 02-6326-1402 **팩스** 02-388-1302
**전자우편** codmedia@codmedia.com

ISBN 979-11-86104-76-7  03810

정가 10,000원

풍경이
앉은
찻집

임종순 시집

임종순

햇살 비껴간 자리에

연둣빛 움을 틔워

물과 자양분이 스며든

자리

푸른 잎새

꽃 피우려는

발돋움

손끝에 묻어난

삶의 편린들

재단하고 채색하여

고뇌의 한 올 한 올로 엮은

신부의 첫걸음 같은

꿈의 산물들

오늘 수줍은 날개를

편다

임종순

# contents

01 —  풍경이 앉은 찻집

## 로키의 언저리 — 02

🔊 이 아이콘이 있는 작품은 QR코드로 시 낭송을 들을 수 있습니다.

# contents

**03 —** 보름달 그림자

# 너에게 미안하다 — 04

🎧 이 아이콘이 있는 작품은 QR코드로 시 낭송을 들을 수 있습니다.

# contents

05 — 가을을 채우며

하더이다      — 06

이 아이콘이 있는 작품은 QR코드로 시 낭송을 들을 수 있습니다.

별똥별 떨어지는 날
눈물 글썽이는 그리움 거기 있다

「경계선 없는 그리움」 부분

풍경이 앉은 찻집

# 경계선 없는 그리움

빛이 여과 없이 쏟아지는
생명이 불을 지피는 벌판
대자연의 들숨과 날숨
삶이 요동치며 나래 펴는 곳
바람이 쓰다듬어 가슴 여는 곳

너와 나의 만남의 장
내 것도 네 것도 아닌
경계가 없는 땅

부르지 않은 이도 거기 섰고
약속한 이들도 거기 있다
별똥별 떨어지는 날
눈물 글썽이는 그리움 거기 있다

# 풍경이 앉은 찻집

가을이 시리게 물감 풀었다
크산토필* 안토시안**
제 세상 만났다고
서슬 퍼런 자존감 걸어 놓고
바람결 불러 융단을 깐다

노소의 구별 없이 기울이는 물그림자
슬픔인지 그리움인지
빛바랜 잎새에 붙이는 낙서
맴돌다 흔적 없이 사라진다

물 위에 뜬 사랑의 징표는
나와는 아무 상관 없다는 듯
쉬 풀어지고 만다
마음만은 놓치고 싶지 않은
젊은 날의 초상
찻잔의 굴레를 돈다.

---

* 크산토필: 엽록체 속에 엽록소와 함께 존재하는 황색 색소
** 안토시안: 식물의 꽃이나 잎, 열매 따위에 나타나는 붉은 색소

# 정초의 어느 하루

광교산 자락
인파의 옷자락 간데없고
나목 사이로
은 나래 난무하는 한나절

풍경화 걸지 않아도 좋은 창가
함박눈 싸락눈 되어
창문에 부딪치며 찍는 무늬
원탁에 네 마음 붙어 앉아
돌리는 시간

허허로운 가슴
옷깃 꺼내 놓고 푼다
지는 해
시간의 그림자 밟고
달무리로 우산 쓴다
한 평 안에서도
높낮이 맞출 수 없어
정초는 그렇게 몸살 앓는다

설원의 하루

한 움큼의 사유

내 안의 바로미터\*로 온다


\* 바로미터: 사물의 수준이나 상태를 평가하는 기준

# 고향 친구

친구야
우린 그랬었지
별이 총총 보석처럼 박힌
달빛 부서지던 밤
이른 저녁 먹고 천방 뚝 길 걸으며
별 헤며 반딧불 잡던 소녀였지

잔디밭에 서로 등 기대고 앉아
푸른 물결 휘어 도는 길섶
높은 바위 끝 정상
한 폭 그림으로 앉은 영락정 쳐다보며
숱한 얘기 쏟아냈지
그 속에서 팔랑이던 벌 나비들

수몰로 흔적도 없는 고향 땅
돌아선 그날부터 지금까지
잃어버린 시간의 파편들
강 건너 모래밭엔 수박 참외 원두막
만삭으로 영근 달덩이 수박에 줄 그어 놓고

정 다지던
친구야, 그날 그 얼굴이 그립다

아! 벌써
흰옷 입고 사시던 어른들의 모습
그 자리에
우리가 서 있다
시간은 사정없이 휘감고 지나가는데
친구야, 우린 언제 어디서 보니!

# 망초 꽃

여름이 길게 누운 칠월
노을이 벗어 내린
모진 땅 자투리마다
눈 시린 하얀 빛무리
여백마다 펼쳐
햇살에 널린 광목
필로 바랜다

몸집 키우는 끈질긴 야망
망국의 한이 서린 역사의 뒤안길에
앓아 온 젖은 가슴

바람에 말리고 햇살에 몸 뒤집어
새 역사 다시 쓰려
하얀 미소로 허리 숙인다.

# 건반

악보를 읽으며 두드린다
음계가 뛰어넘는
높낮이의 마력
창을 열면 아침 음계는 깊다
이슬방울은 도의 음계를 밟고 섰고
새소리의 지저귐 솔라로 울린다

삶이 일러주는 대로
받아 적는 리듬
너는 너의 음정으로 말하고
나는 나의 울림으로 화답한다

세상살이는 화음이다
크면 한 옥타브 내려주고
작으면 한 옥타브 올려주고
그렇게 우리는
건반을 두드리며 산다
삼화음이 어우러지도록
손끝이 맵도록 연습하며 산다

# 정안수

열여덟에 시집온 어무이
한 탯줄에 딸 다섯 쏟아 놓았다
그래도
정안수 한 그릇은
조상 신앙이었다

여명에 낙동강 물 길어
장독 위 하얀 사발에 정갈하게 담아
삼신 할멈 얼굴 새겨 넣고
허리 굽혀 손바닥 지문 닳도록
빌고
또 빌어
손자 얻어 덩실 춤추던
추억 속 할매

하얀 무명옷 어둠 속 나래 되어도
오늘도 그리움 빗줄기 되어 내린다

## 옛집

긴 시간 붙잡고 떠나 살았다
어쩌다 소식 오는 날이면
설렘으로 달려가는 집
젊은 무늬 아로새겨진 창가에 서서
흘린 얘기 이삭 줍는다

불혹을 넘어선 집
젊은 피의 수혈로
다시 태어났다

창밖에 새순 틔웠던 목련
대가족 거느려 울울창창하고
라일락 여린 꽃술 휘영청 늘어졌다

신주머니 끌리던 아이
그 아들이 그만큼 자란
옛집 앞에서
반백의 여인 거울을 본다

# 어머니

그 이름 앞에
찌르르 전류가 흐릅니다
숨 막힐 듯 아픔이 요동칩니다
노후의 과제로 미루었던 효
아침의 이별 인사

이 애석함을 어찌합니까
선고받은 어머니 뒤로하고
출산 후 제 몸 챙기느라
하루 또 하루
살 깎아내리는 고통도 외면한 채
가슴만 후볐습니다

아픔과 절망 사이를 오가며
외롭게 삭이시던 눈물
자식은 늘 당신 희생의
수혜자였습니다

곱고 푸른 날을 두고

그렇게 훌훌히 가시다니요
가슴에 새겨진 문신이
흐르는 시간 속에
에이고 에여 옵니다

삶이 여유로운
백세 시대를 여는
당신의 인생은 절반이었습니다

# 아버지

퇴색된 사진 한 장
사십 대 아버지가 웃고 서 계시네요
청년의 풋풋한 웃음소리
들릴 것만 같습니다

막걸리 한 사발 드시지 못하고
오롯이 정좌하고 사시더니
이젠
오월 흰 카네이션으로 만납니다

딸 부잣집
짝 찾아 손잡고 오는 여식 없어
밤잠 설치시던 고뇌
늦도록 둥지 찾아 흩어 보내고
마중물 되어 준 아버지

살점 떼어 보낼 때마다
속울음 삼키시던 속내
이제야 아버지 가슴 열어 봅니다

# 저문 날의 편지

화성 봉수대 아랫마을
온기 사라진 골목
계단마다 아픔으로 덜컹거리고
깊은 동공으로 쏘아 보는
창 지붕을 가로지르는 고양이 목젖이 붉다

입추의 여지 없이 만삭인 우편함
바닥에 널브러진 숱한 사연들
발자국 스탬프 찍힌 채 누워 뒹군다

수신인 떠난 편지
허공에 멋대로 그려놓은
파문이다

## 나의 그림

남의 그림 욕심내지 않고
하나뿐인 나의 그림 그린다
시간이 흐르며 만든 잣대로 재고
물 흐르듯 순리대로 흐른다

어버이의 도리
분기점에서 내려놓고
하나 더
욕심 삼키고
움켜쥔 손 펴니 자유롭다

존재감 보석처럼 여겨
숫자에 자유롭고
자작나무에 물주는 정성으로
오늘을 가꾼다
지구본 손바닥에 올려
축지법의 날갯짓 배워 간다

나이테가 늘어난다는 것 내 잘못 아니니

시간의 궤적으로 치부하고

잃어버린 시간 묻어 버리고

오늘을 사랑하여 오늘의 집을 짓는다

## 가을 소리

먼발치의 발자국 소리
바스락거리며 온다
가는 숨소리도
멀어져 간 웃음소리도
바스락거리며 온다

가을밤엔
솜털 일어서는 소리까지 귀청을 흔든다
예고도 없이
경계도 없이
빈집에 들어서는 샛바람처럼 찾아와
문을 흔든다

벽장에 숨겨 두었던 그리움 솟구치고
시간이 물구나무서며
기억 속의 시간 퍼다 나른다

빈 둥지의 바람 소리
가야금 선율처럼

늘였다 줄였다 퉁겼다를 밤새워 반복한다

가을 타는 목마름

## 겨울 나무

TV 화면 넘기다
본 듯 만 듯한 얼굴 스쳐
급브레이크를 밟는다
듣던 이름에
자분치가 희끗하던
교실 맨 뒷자리 키 큰
아이

강섶에 붙어살며
혹한에도
낡고 허름한 무명옷에
벌겋게 얼었던
아이

주저리주저리 사연 한 아름 안고
아내 무덤가에 움막집 짓고 사는
시대의 열부

아직도 그 추위 떨치지 못해

예순 끝자락에 자연인으로 얼굴 내민다

외로운 고목

옷 벗은 겨울나무

빈 둥지에 매달려 떨고 섰다

# 찜질방 소묘

황톳빛 옷이 일렁인다
쉼을 허락받은 시간
움츠린 마디 늘이며
꼬인 매듭 푼다

화덕의 가슴을 연다
잉걸불 쏟아지듯 이글대는 품에서
사지를 편다
뼈를 열고 살을 열어
소금의 무게를 잰다

한 타임 지나고 나면
일상의 희로애락
거실 바닥에 널어놓고
굿거리장단에 속을 푼다

청솔가지에 올라
솔 향으로 몸을 절인다
쏟아 놓은 냄새 매워도

건강 벌어가는 시간은
언제나 아쉬움이다

낯선 마당에서 손잡는 여유
시니어의 유토피아
부르면 대답하듯 달려오는
평화의 집 북적이다

# 대추 과원

삼천 평 뜨락 비좁도록
서른 해 자란 아름드리
붉은 보석
하늘 위에 빼곡히 앉아
줄광대 놀음에
가랑이가 찢어진다

점으로 태어나
해와 달이 보듬어
입김 불어 키웠다

청춘엔 푸른 열기로 보채고
철들어 낯 붉히더니
주름진 노년이 두려워
햇살 거부하고
내미는 손길로 내려앉았다

마당이 온통 꽃방석이다
햇살이 한 해 땀방울

홍보석으로 펼쳐 놓고
갈바람 불러 온몸 뒤척이며
다이어트에 든다
얼룩진 무늬 사르며
진홍빛 곱게 태양에 물든다

운무가 승무처럼 춤추고
여유로운 호흡
사색의 향기 넉넉히 품었다
－
「산정 호수」 부분

2

로키의 언저리

# 인사동 쌈지길

옛것을 찾아
우리 멋 찾아 풍경 사냥꾼
매의 눈으로 섰다

한마당 축제의 장
세계의 발걸음 쌈지길로 몰려와
사물놀이 장단도 어울림이다
고뇌로 녹여 낸 청백자
가녀린 선의 미학
우아한 몸빛
장인의 혼 가슴 흔드는 감동

인사동 쌈지길
고풍의상 한 자락 학으로 편다
한국의 미
한국의 얼
조상 숨결 싸고 흐른다

# 노추산 모정탑

노추산 자락
굽이도는 송천 따라 돌탑 길 접어드니
한 맺힌 여인의 삶 늘어섰다
가족의 굴레 속에 나는 없고
어미와 아내 자리만 덩그렇다

자식과 지아비 일찍 여읜 한
남은 자식 붙잡기 위한
돌탑 삼천 개 쌓기
산신령께 계시 받았다

스물여섯 해 움막에 기거하며
정성 하나 돌 하나
자식 향한 가없는 모정
방울방울 눈물이다
처절한 몸부림이다

생의 무게로 받쳐 든 돌탑
어미의 절규 빨랫줄처럼 널어놓고
빈 계곡에 메아리만 펄럭인다

# 달구벌의 맥박

정적으로 내려앉은 도시의 공허
발끝 세우며 호흡도 낮게
배려의 교감 물길 튼다
세종의 얼 빛나게 맥을 잇는
수필의 역사를 짓던 날

모국어가 들끓은 가마솥 열기
뜨겁다 못해 황홀하다
처처에 유명세 빛나는 정자관
팔공홀 안으로 밀려들고
나누는 인사마다 혀끝이 달다

향토의 미덕 섬김으로
빛 한 줌씩 나누고
심장에 불을 지핀다
전통의 맥박 뛰게 한다

시대상 퍼포먼스로 토해내고
스크린에 펼친 봄의 교향악

서사시로 풀어 놓고
언어는 그 속에서 꽃비처럼 내린다
노래 따라 날아온 제비
창공을 힘차게 차오른다

# 화성의 봄

휘파람 소리 봄의 알림이다
오는 듯 스친 듯 만나는 봄
한나절 정수리 빛 넘어
늦은 햇살 담는다

역사의 숨결 흐르는
연무대 성곽 끼고 오른다
목련 대가족 멀리서 손짓하고
개나리 진달래 다정히 마주 서서
꽃술 터트리는 소리 간지럽다

정상에 화성 장대
일필휘지로 쓴 정조의 날 선 붓 끝 아래
파노라마로 펼쳐 진 수원 시 정경
큰 품에서 꿈꾼다

서서히 노을이 내려앉고
성곽길 네온 등이 환상의 불꽃 연출 한다
낮과 밤의 공존
그곳에 빛 바라기들 화성 삼매경에 취해
밤 깊어 가는 줄 모른다.

# 향사*

충렬사 큰대문 안
희고 푸른 도포자락 일렁인다
사당 섬기는 노송들
흩어진 핏줄, 핏줄을 당긴다
장군의 성 안
실핏줄까지 이어져 흐른다

역사의 맥 이어온 영정 앞에 서니
뜨거운 피에 가슴 젖어 든다
지역유지 앞장서 향토를 빛낸 영정 앞에 예 올리고
조국과 민족의 얼 받쳐 들고 섰다

남녀 구별 유별했던 시대상도 옛말
성별 차별 없이 올리는 제사
문중의 출가외인도 주역 되는 현실이다

내가 있고 우리가 있음은
우국의 충정공
얼과 희생 받들어 가슴에 아로새겨
성자로 숭배해왔기 때문이다

---

* 향사: 이름 난 학자, 충신 등의 공적과 덕행을 추모하기 위해 집을 세우고 제
사 지내는 사당

# 나이야가라 폭포

천둥소리로 쏟아지는 거대한 장벽
온 나래로 솟구치는 학의 비상
만인을 품에 안고도 남을 가슴
뿜고 또 뿜는 열정과 패기
희로애락의 내 모든 상념들
심연의 물보라 속 운무에 실어 날렸다

쌍무지개 폭포 위에 얹혔다
캔버스 펼쳐놓고 채색하는 여행자
오색 서치라이트 받는
만인의 연인
환상의 무희
기립 박수를 받는다
셔터 음 청아하게 진동하며
물보라에 음률을 탄다

네 이름 그대로
더 주려고 하지 마라
나이야 가라
나이야 가라
너로 말미암아 나 오늘로 서 있으려네

# 옥빛에 취하다
### - 밴프의 에메랄드 레이크 루이스

눈부신 자태의 캐나다 여왕
맘껏 휘둘러 펼쳐 앉은 자리 억만년 숨결이 휘감는다

만년설과 빙하의 침식 작용으로 태어난 신이 주신 선물
그의 가슴에서 카누를 즐기고 몸에 기대어 힐링하는
그 안에 하나 된 나의 오늘

유키 구라모토의 곡 레이크 루이스가 연속으로 흐르고
옥빛에 취해,
음악에 취해
천국 언어 날개를 단다

설산雪山이 옥수玉水에 내려 와
빛 세례를 받는다
열광하는 환호성

대자연의 경이로움 에메랄드 레이크루이스
바투 허락된 여정이 아쉬워
다시 오마고
꼭 다시 오마고
선명한 지문을 남긴다

# 로키의 언저리

밴쿠버에서 캘거리로 가는 비행기 날개에 앉아
창가 찢어지는 시린 빛을 만나다

푸른 여백에
산더미 같은 목화솜 바리바리 쏟아놓고
창공에 펼쳐 마름질하는
장인의 손놀림이 난다

고산지대 트레일이 거미줄처럼 연결된 설원
능선마다 깎아 세운 조각상
파노라마로 일어서 온다
설파산 웅장한 기상 하늘을 압도한다

굵은 갈비뼈에 붙은 하얀 근육
골골마다 신의 축복
로키산맥 언저리를 훑다

# 월영교에서

여명이 호수 위에 햇살로 붓질한 그림
애절한 전설 속 사부곡
그 진한 그리움
목책교 아래
달그림자로 누웠다

목책 길 긴 꼬리 끌며
우람한 월영대 품고 잠수 타는 새벽
젊음 껴안고 먼 길 온 청춘
셀카봉에 매달린 청아한 웃음이
이순의 뿌연 물안개 걷어 올린다

정신문화의 요람
도포 자락에 지나가는 바람소리 들으며
영남 산 끼고 도는 호반 둘레 길
향토 내음에 매달리는 그리움

붕 떠 앉은 누각 난간에 기대앉아
나는 추억의 퍼즐을 맞춘다

# 망월사 겨울 등산

서설이 어둠을 쓸고 온 누리에 핀 설화
백설 공주 손짓에 햇살 피어올라
설산 가족 산행이다

살을 에이는 된바람에 우주인처럼 봉하고
아이젠 동여매고
뽀드득뽀드득 눈 밟는 소리
첫사랑 손잡을 때처럼 신선하고 감미롭다

산기슭 오두막
송진 타는 난롯가에 무릎 맞대고
차향에 젖는 오붓한 시간
해물파전 도토리묵밥
온기 지펴가며 피어오르는 서정

코발트색 하늘과 맞닿은 망월사
산정기가 폐부까지 차오르고
사찰음식 공양 보시에 커피 한잔
염불처럼 언 몸 녹여준다

희망의 산울림
거대한 외침

# 모래재 풍경

추적추적 내리는 비
창 닦으며 자정 싣고 하얗게 달려
진안 모래재에 바퀴 세웠다
등짐 달고 온 빛 바라기들 날개 펴 들고
끝없이 늘어선 가을 홍등가
새벽을 밀고 들어섰다

붉은 조명 끝없는 터널
융단 깔아놓은 카펫이다
뚝심 세우며 나란히
마주 선 명품 길

철 따라 갈아입는 옷
한 해 석 자씩 솟는 거구
하늘 캔버스 우러르며
온몸으로 그리는 그림
유채화의 채도가 명료하다

청설모도 쉬어가는 아득한 꼭대기
세상이 우러러보는 몸매
만추를 빨갛게 정열로 태운다

# 경포 송정松亭 해변

송림 사이 부서지는 파도의 춤
용사의 기상처럼 달려왔다 달려간다
해송 미끈한 종아리에
내려앉은 해무
새벽은 분주히 안개 걷기 바쁘다

노송 시린 등걸
역사의 한허리 일러주고 섰다
피톤치드 소나기처럼 내리는
대장정의 길
침엽수 짙푸름 하늘과 맞닿아
울울창창한 고을 집성촌이다

이 뜨락에 풀어 놓은 벅찬 환희를
뜨겁게 남긴 밀어를
송정의 눈들은 읽고 있겠다
송정의 가슴은 품고 있겠다

# 산정 호수

우중의 둘레 길
고요를 펼치는 백조의 날개
산정기에 빗방울이 연주를 한다

우의 속에 연인들
데크길 끼고 돌며 익어가는 사랑

물안개 자욱한 산자락
고요가 심술나 물수제비 뜨며
동그라미 사랑에 빠진다

물 위를 걷는 노송의 위용 아래
운무가 승무처럼 춤추고
여유로운 호흡
사색의 향기 넉넉히 품었다

# 도산서원

어릴 때 뛰놀던 도산자락 푸르렀다
자랑이었다
동방의 주자
선비의 정자관 낙동강 상류에 세우고
날 선 회초리에 무릎 꿇던 학동
그 정기 이어내려
자손만대 꽃 피웠다

풍류 즐기시던 시인의 시구
한 시대를 풍미하던 노래로 흐르고
오백 년 역사의 체취
자국마다 무늬를 찍었다
팔작집 풍성한 모란
자세 여미고 앉아 옛 생각에 젖는다

전교당 편액 도산서원陶山書院
명필 한석봉의 묵향이 흐르고
지폐에 숨 쉬고 계신 퇴계선생
토계리 선비고을 아득히 품었다

인류의 뿌리로 뻗어가는
도산의 숨결

# 우음도 폐가에서

썰물처럼 빠져나간 마을 어귀
소 울음소리 여운
못내 아쉬운 오월 끝자락

하릴없이 빈둥대는 전봇대
뭉개진 광고 자락 더듬고 섰고
처마 밑 우편함 소화불량에 걸려
울렁증 앓는다
뼈대 허문 자재 더미
끼리끼리 입 벌리고
앉아 갈 길을 묻는다

지붕 날린 휑한 벽
새벽이슬에 젖어 바보처럼 웃고 섰고
개미 굴 같은 골목 안길
주인 잃은 수척한 삽살개 한 마리
땅거미 속을 떠돈다

# 바람의 집

### - 우음도 폐가에서

성난 바람이 수시로 드나드는 집
인적 끊어진 뜨락
풀들의 전쟁이 요란하다
넝쿨 얼기설기 실타래로 얽히고
벽을 넘지 못해 웅크리고 앉은 낮달

뼈대 앙상한 현관문 너머
삶의 파편들이 널브러져 있다
거미줄에 미물가족 미라로 눕고
갈피마다 할퀴어진 지문
인장처럼 찍혔다

떠난 자의 앞가슴 같은
올올이 갈라진 커튼 자락 지향 없이 흔들리고
거실 한가운데 빛 밝히던 불꽃
눈 감고 헛기침만 한다
침실엔 살 내음 녹아내리고
주방엔 딸그락 수저 드는 소리
천정에 그려놓은 지도가 야속하다

잠들지 않은 바람의 집

누군가 달래다 지쳐버려 떠난 자리

숨어 흘린 눈물 자국 위로

눈 먼 화가의 낙서만 난무하다

공허가 앉았던 자리에
빛의 분무 눈부시다

—

「첫사랑」 부분

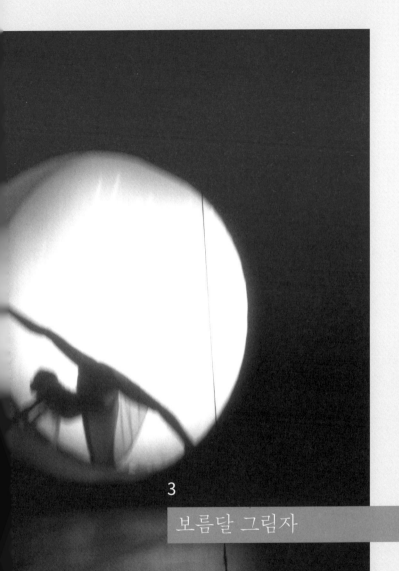

3

보름달 그림자

# 자리

바닥에서 바라보니 시야가 아늑하다
바닥의 여유는
키 재지 않아도 된다
무게 달지 않아도 된다

의자에 앉아 보니 앞만 보인다
호好불호不好 가릴 수 없어
유리 램프를 닦는다
심지에 불을 켠다

일어서서 바라보니 혼돈으로 흔들린다
앎도 모름도 하나로 보인다
갈래 길 모퉁이에서 나침반을 두드린다

계단 하나 올라 보니 못 보던 것도 보인다
안팎이 보이고
높낮이가 보인다
시바타 도요의 시 '저금'*을 가슴에 앉힌다

---

* 난 말이지/ 사람들이 친절을 베풀면/ 마음에 저금을 해 둬/ 쓸쓸할 때면/ 그
걸 꺼내 기운을 차리지/ 너도 지금처럼/ 모아 두렴/ 연금보다 좋단다

## 고구마를 캐며

산부인과 의사다 일 년에 한두 번 메스를 들고 만삭
의 모체를 제왕절개 하는 인턴 과정의 견습의

받아 내는 태아 무사토록 손끝 야물게 달려들어 날
선 칼날로 어둔 터널을 헤쳐 나간다 여린 피부에 흠 갈
까 고운 몸매에 상처 낼까 행여 장애를 입힐까 긴장하
는 칼날

자궁 문 열어 보니 똘망똘망한 녀석들 여럿 앉았다
혼자보다 여럿일수록 대접 받는 세상 붉은 탯줄 줄줄
이 엮여 끌려 나오는 대견한 미래들

날로 핵가족화 되어도 풍성한 대가족이 힘이다

# 자유의 노래

리버트 아일랜드
오른손에 햇불 왼손에 독립선언서 든
자유의 여신상
천의 얼굴 압도하는 의연함
미국독립 100주년을 조명한다

자유의 여신상 지휘 아래
푸른 물결의 반주에 맞춰
자유의 노래
사랑의 노래
한목소리로 울려 퍼진다

세계의 얼굴 서로 달라도
미소의 색깔은 같다
평화의 색깔은 같다
자유의 색깔은 같다

# 플라이 오버(fly over)

밴쿠버의 명물, 비교를 거부하는
캐나다 전 지역을 관람하는 비행 시뮬레이션*

신천지를 찾아 나서는 호기심에 벌렁거리는 심장
말안장에 올려져 채찍 휘두르듯 손에 땀을 쥐고 달리는
숨 막히는 긴장감
짜릿한 쾌감
현실감 있게 차고 간다

4D 영상 관람
바람의 손 옷깃 낚아채고 눈비 뿌리며 날린다
꽃향기에 호흡이 놀라는 신비
대자연의 거센 숨결
용트림하는 대지
꿈꾸는 미래가 일어서고 있다

5D, 6D의 시대가 도래 하면
무엇을 넘나드는
꿈을 꿀까

---

* 시뮬레이션 : 실제 사건이나 과정을 시험적으로 재현하는 기법

# 고향을 수장水葬하고

점 하나 찍을 자리 없이 그는 그렇게 갔다

안동 댐 한 허리에 숨죽이며 엎드린
면사무소, 학교, 우리 집,
그리고 산산이 흩어진 이름들

은어가 놀고 다슬기 줍던
발가벗고 멱 감던
달밤에 반딧불이 잡던
토끼풀 꽃목걸이 팔찌 걸던

어느 해 모진 가뭄에 고향 마을 올라 왔었다
뼈대는 허물어져도 낯익은 모습 그대로
그 절규 너머로
핏줄이 한자리에 까르르 뒹굴었다

호수 위로 빈 통통배 하나 지나가며
발가벗은 추억 한 장씩을 들추어낸다

# 노을

시리도록 붉어라
열정으로 고뇌하는
저 황혼의 멋

찬란하게 물들여 놓고
스스로를 묻어가는
저 허무

# 등불
### - 스탠드

깊은 고요, 홀로일 때
그를 손짓한다

빛 내림의 희망으로 산다
낯가림도 비밀도 없이
트는 우리 사이

쏟아 놓고 덜어내고 없애고
다듬어 낸 몇 가락 장단에
녹아드는 나만의 포만감

머리 맞댈수록 가슴 연다
밤이 오면 다시 또
당겨 안으며
호흡을 연결하는 사이

작은 나래 펴는 새 한 마리
쓰다듬을수록 자라는 깃털
멀리 더 멀리 꿈꾸는 가슴에
빛살 곱게 물든다

# 어시장

골목 안에
파도 소리 철썩인다
파도처럼 가파른 삶의 현장

풍성하게 쏟아 놓은 어족
제 혈통 찾아 앉히고
함지박 좌판 위에서
인내를 가르친다

호기 부리는 놈
바다를 향한 몸부림
쉼 없이 도전하는 패기도
한계를 일러준다

그칠 줄 모르는 인파
활기찬 삶의 현장
출렁이는 파도를 탄다

# 꿈 동이

행운목 꽃 피운 마디에
진한 염원 모두어 안고
탱글한 열매가 자란다
영글어가는 모습 바라보며
미소로 채우는 날들
지문 닳도록 하는 합장에
부여안은 꿈 동이

촛불 흔들리던 바람 앞에
심지 돋우며
사랑 모두어
눈부시게 자란다

불러주지 않아도
알려주지 않아도
나는 네게로 간다
부르지 않아도 네 속에 살고
노래하지 않아도 노래가 된다
하루가 다르게 큰다

거목이어라

누리를 품어라

# 머드 축제

작열하는 칠월 땡볕
대천 해수욕장 머드 축제
세계인이 어우러진 해변의 연가
벌거숭이에서 머드 수채화로
만삭인 임산부 출연
구릿빛 나신에 시선 집중
겹겹 하트로 축포를 쏜다
백사장 비치파라솔 아래
일렁이는 청춘의 물결
세계는 하나다
모터보트 제트스키
은빛 파도 가르며 길을 낸다
해수로 퍼붓는 물대포
열정으로 끓는 바다는
살갗에 무형의 옷을 입히고
영롱한 무늬를 짠다
머드인이 다스리는 세계다

# 보름달 그림자

대낮 같은 중추절 달빛에도
어둡고 인적 드문 골목엔
드리우는 달그림자가 있다

호탕한 여장부였던 그녀가 절반의 마비로
굳어진 육신 토닥이고 앉아
흘린 시간 목에 걸고 뒷걸음치고 있다

졸지에 남편 잃은 젊은 여인
아버지 만나러 비행기 타고
하늘나라 가자는 아이 성화에
까만 심장을 토해 낸다

자국 놓는 곳마다 흔들리는 그림자
마음 하나 집어 상처 위에 올린다

# 만남과 흐름

해마다 한 번씩 보는 인연
비행기로, 버스 투어로
커플로 싱글로
흘러가는 시간의 길이에 맞춰
그 만큼씩 선택받는 자리

작년에 본 그 인연 아니 뵈네
그때 보던 그 모습도 아니라네
이리저리 걸린 일상 모두어 밀어 놓고
둘이 손잡고 휘파람 부는 오늘 있음에
태양을 향해 손 흔드네

그 옛날의 패기도 순서 없이 앉았다
건강 있는 자
손잡고 있는 자
오늘의 주연이다
흐르는 시간 따라가다 손 놓는 삶
이 순간의 악수
마주 나누는 담소

찻잔에 어리는 그리움의 향기로
어울렁 더울렁
옷깃 꺼내놓고 비워내는 이 순간

잘 산 인생 지금 여기
여러분!

# 항아리

유년 시절 우리 집 고방에
키보다 더 큰 음전한 항아리
터줏대감으로 앉아 있었다

어디서부터 왔는지
녹슨 철사로 세월 동이고 앉아
가마니 쌀도 사양 않는 대식가였다

발판 놓고 올라서서
그림 그리고 두꺼비 집 짓고 터널 파고
만들고 부수고 세우는 놀이터
먹지 않아도 배부른 그의 곁

어느 날
속이 보이지 않는다
보일 때까지 고개 디밀다
독에 든 생쥐 되어
종일 허우적이며 눈물샘이 말랐던 날

어느새 그날이 옆에 와서
머리 툭 치며 웃고 섰다

# 가뭄

여름이 복달임을 한다
타들어 가는 잎새의 할딱이는 호흡
가는 물 한 모금에 겨우 부지하는 생명들

비를 꿈꾼다

곤한 밤에 장대비 한줄기 쏟아진다
휘모리장단의 춤사위에
막힌 호흡이 튼다
쨍한 아침
가슴에 날 선 여운이 떨어진다

# 첫사랑

아지랑이의 몸짓인 양
보일 듯 보이지 않은
그리움의 공허
하얀 설레임에
나래를 단다

시간의 틈새 비집고 날아 든
우주 공간에
파랑새 한 마리 깃을 벌인다
요원할 것 같던 기다림
생명의 환희

울음소리로 왔다

아릿한 입맞춤
젖줄 흐르는 숨결
공허가 앉았던 자리에
빛의 분무 눈부시다

내가 그를 부르듯
그가 나를 부르듯
봄이 오는 길목에 마중 나와 섰다
-

「봄을 기다리며」부분

4

너에게 미안하다

# 봄을 기다리며

앙상한 벚나무에 눈꽃 내려앉고
오래 묵은 추억 한 자락 햇살로 다가와
그리움 베어 문다

실핏줄 깨우는 수맥
목련 가지마다 봄을 채비한
앙다문 앳된 얼굴
입술 포개는 젊음들이다

창가에 기댄 맘 가지에 걸어 두고
내가 그를 부르듯
그가 나를 부르듯
봄이 오는 길목에 마중 나와 섰다

# 4월에

잠자던 대지 깨어나 몸을 주무른다

밭이랑에 잠자던 경운기 일어나
굳은 몸 뒤집고
사래 긴 밭 이불 쓰고 눕는다

웅크렸던 발 뻗으며
소망의 씨앗 묻으며
아지랑이 성화에
생명의 태동 준비한다

마음 일어서서
나래 달고
동네마다 이랑마다
산고 겪으며 초록 눈 틔운다

# 파종

마음이 먼저 연두색을 칠한다
밭 갈아 골 타고 시간 재며
씨앗 봉지 줄 세운다

짙은 색에 먼저
손길을 세운다
검정 콩
검정 땅콩
.

.

.

내일의 기대를 묻는다

어느새 촉이 빠른 까치 찾아와 배회한다
어디로 전보를 날렸는지
무리로 달려드는 객기
부리 땅에 박더니
입 벌리고 날며 조롱한다

조석으로 들여다봐도 기미 없는

구멍 난 자리

희망을 다시 넣는다

한 보름 늦잠 자더니 왁자지껄하는 소리


새싹들은

주인의 발자국 소리 들어가며

손길 이슬 받아먹으며 어린이처럼 자란다

# 모란 정원

세계 정원 박람회
눈길 잡히는 길 섶
후덕한 맏며느리
그가 마중 나와 반긴다
곱게 화장하고 개성 입고
국적도 명예도 걸쳤다

꽃 중의 꽃
풍염이 노련한 모란의 자태
그 눈빛에 젖는다
호화현란의 기품
가지로 빚은 뿔
꽃사슴으로 뛴다

붉은 꽃 연분홍 대가족으로 앉아
뜨락의 얘기 쏟아 낸다
풍려하고 단아함으로 빚어
살아있는 예술품

모란은 그의 가락을 지닌
부귀영화의 노래다

# 문지기

변화의 바람 타고
줄줄이 개성을 입는다
비번으로
지문으로
광 센서로
인스턴트 세상에
찾아온 나의 그는
손가락만 빤다

내 무늬만 먹고 사는
의지의 조력자
눈높이에 다가서니
이보다 듬직한 친구가 없다
내 살결 느끼며
나만을 허락하는 절개의 파수꾼
우리 관계는 날로 깊다

# 벽

산사 선방에
심신 정갈하게 다듬어
안거*에 드신다

벽 보고 마주 앉아
이 뭐 꼬
이 뭐 꼬

무얼 찾을까
무슨 소리 들을까
얽힌 매듭 푼다

선사 한 평생
벽 보고 산다

---

* 하안거 동안거: 안거(安居)는 승려들이 외부와의 출입을 끊고 참선 수행에
몰두하는 행사. (여름과 겨울에)

# 버스 터미널에서

달구벌 고속터미널
출발시간은 기린의 모가지
찬바람 폐부까지 스며들어도
난로 같은 그대 손길 시간 녹여 준다

해후의 짧은 만남 미련 붙잡고
늘 푸름이어라 두 손 모았지만
만추의 뜨락에서 부르는 갈잎 노래
가슴 시린 안녕

들어가라 채근하는 맘 다칠까
버스 꽁무니에 숨어 섰다가
꿈틀대는 차 자락 붙잡고
양팔 깃발로 펄럭인다

가파른 중턱을 오르는 그대
안개 번져가는 차창에
스티커처럼 붙는 애잔한 미소
쏴아 하게 일어서는

그
리
움

# 벚꽃 정원

마을 안이 눈부시게 꽃등 켜 들었다
자지러지게 터트린 웃음보
목 내밀고 기다린 흔적이 아려
덥석 가슴 벌려 품는다

좋은 날,
세우고 싶은 날
왕 벛 이팝나무 줄줄이 꽂았더니
세월 길이만큼 하늘 향해 출동이다

흥에 겨운 바람결
연분홍 옷자락 휘감기도록
유행가 가락처럼
한마당 잔치 흥겹다

# 너에게 미안하다
### -눈-

동트고 잠들 때까지 부려도
당연한 줄 알았다
수없이 깜빡이는 적신호 외면하고
질주하던 너에게 미안하다

날 선 빛 번뜩이는 바보상자 앞에서도
무한 도전 준비하는 컴 세상 앞에서도
미련하게 혹사 시킨 너에게 미안하다

야심찬 빛 내림 한판 승부에
붉은 눈물 흘린다
한사코 요구하는 쉼
내 달릴 수 없는 한계점에서
천근으로 떨어지는 무게
고장 난 셔터가 내려온다

# 벽화

캔버스의 대리자
표정 없는 맨 얼굴에
개성이 불을 지핀다
전설 속 실마리 찾아
힘찬 터치로 옷을 입힌다

붓끝은 숨결로 살아나
시인은 혼을 조각 하고
손 때 묻은 사연
가슴 밑으로 흐른다
앞자락 펼쳐 놓고
속살거리며 전하는 입담에
지나는 얼굴이 붙는다

후미진 골목마다
얘기꾼 입담이 늘고
정류장 부스마다
그 얼굴에 걸터앉은 햇살
관객이 인생 노래로 읊조리다

## 양파를 까며

양파가 수줍어한다.
베일 벗지 못해 한 겹
또 한 겹을 싸며
자존의 씨앗 하나씩 심는다

켜켜이 들어앉은 나
내어놓지 못해 굴레가 된다
세상이
사람이
양파 껍질을 입는다

조여드는 맘
베일을 벗어 던진다
열어라
열고 나가자
양파를 까며
가슴 후련하도록
세상을 안자

# 숲속 음악회

잠시 소나기가 다녀갔다
녹색 가족 어우러져 사는 움막집 평상
하우스 문 마주 트고 갈대발 올려
선들바람 전하는 얘기 신선하다

지하수로 몸 닦고 앉은 평상
사지 펴들고 맞는 황소바람
더위도 제 발 저려 도망을 간다
숲속 음악회
혼합 4중주
알토 소프라노 테너 베이스
가슴이 뚫리도록 노래한다

새들의 합창 따라 부르다
떠도는 구름 한 조각 붙잡아
스케치하는 바쁜 손놀림
콧노래도 한가로이 리듬 탈 때
창공에 파랑새 한 마리 포르르 난다

# 혈액형의 반란

국민학교 1학년 때 유리 조각 위 혈액 한 점
A형이라는 붉은 이름표
앞가슴에 주홍 글씨처럼 달고 다녔다

헌혈 위한 준비 하다가
이름표가 바뀌었단다
세 차례 다시 펼쳐 봐도
원 이름 A에 B가 하나 더 붙었다고
새 이름표 낯설게 달아준다

의연하게 반세기가 넘도록 침묵하더니
그 침묵 깨뜨리는 피의 반란
늦게라도 다시 찾은 나의 혈통
변한 것은 없다
그때의 나와 지금의 나는 동일인이다

# 긍정의 힘

이른 아침 종이 뭉치에
풀 자루 업고 들어서는 도배사
명쾌한 꼴찌 형제들
길섶 야생화처럼 꽃술 물어
금방이라도 나비가 올 것 같다

손발 척척 바람 일으킨다
누더기 벗기고 새 단장하는 손
칠판 아래서는 머리에 쥐나도
종이에 붓질하면 신바람 난단다
한 우물만 팠더니
글쎄
사금자루 배를 내민다네요

입만 열면 쏟아지는 폭소
긍정의 힘
꽃피워
삶을 풀칠해 낸다
희망을 바른다

# 풍경

푸름이 지천으로 널린 날
에버그린 배경 음악 깔고
햇살이 창문 열고 걸터 앉아
놀다가 간다

바둑판에 줄지어 앉힌
어린 모의 착한 행렬
남실대는 바람 쓰다듬는 손길에
황금 들판 꿈꾸며 간다

융단 깔아 놓은 축제의 길
말갛게 닦인 면경 같은 창공
꽃 무리 무리 꽃가마 태워
그들 데리고 간다

아득한 어느 봄날
어머니와 함께 걷던 꽃길
풍경마다 얼굴 새겨져
그리움 뿌리며 간다

사향祀香의 연기 사라지자
나비는 날아가고
채워지지 않는 허기

—

「하얀 나비」 부분

5

가을을 채우며

# 설니홍조雪泥鴻爪

여명 속에 컬러링 길게 울린다
낯선 목소리 톤의 긴 여운

빛바랜 기억 저편
아스라이 반세기를 넘나든다
곱게 채색된 그림 한 장
여섯 살 적 화가의 가슴이다

유년 시절 외갓집 뜨락
감나무와 고욤나무에 얽힌 사연
촉촉한 가슴 풀어 비추는
그가 햇살처럼 온다

열정의 세월 끝자락
설니홍조를 뜨겁게 받는 시기
헛헛한 가슴에 이는
바람 소리 듣는다

궁핍한 시대의 향수 그 숨결

반백 년의 갈피에 길게 누웠던

햇살로 받아낸 그리움의 파편

클래식 음악처럼 잔잔한 감동으로 온다

# 솜꽃

코고무신 댓돌 위에 가지런히
색색 무늬 비좁게 앉았다
해마다 목화 심던 어머니
집안 가득 솜꽃 피우며
살점 떼어 낼 속셈을 하셨다

신접이불 예단이불
사랑 높이로 솜 꽃 피우셨다
가슴 한켠 도려내는 아픔
세월 강에 띄우는 배

계절 따라 무게 나누며
난로 같은 온기 지폈다
손길 보듬어 식지 않은 가슴
쉬지 않고 타는 용광로의 불 길

올봄 밭이랑에 추억 심은 목화
함박웃음 날리며 달려오신 어머니
그리움 햇살처럼 솜꽃 위에 앉는다

# 하얀 나비

막내딸 회갑에 만난 형제들
사반세기 동안 빈방에 쌓인
먼지 같은 그리움 안고
어머니를 찾아 간다

현대공원묘지 제7공구
나비가 번데기를 찢고 나오듯
무덤을 찢고 나온
하얀 나비 한 마리

잠시 침묵의 강이 흐르고
이내 터지는 밑도 끝도 없는 말문
추억에서 시작하여
삶의 애환 한 보따리 푸니
어머니 아린 몸짓이 보인다

사향祀香의 연기 사라지자
나비는 날아가고
채워지지 않는 허기
가슴에 날개를 담는다

# 당신의 길

새벽녘 어머니 떠난 빈자리
항변 한번 못하고
상좌에 오른
이른 아침 백합꽃 같던 그녀

볼 붉은 시절
일곱 밤송이 매달고
바람이 흔들어도 용케 버틴 작은 밤나무
밤꽃 필 때면
넌지시 살피는 물기 어린 눈빛
마른 손에 적셔준 온기는
금자탑 주춧돌로 앉았다

그 사랑 겹겹이 내 안에 숨결로
살아 흐른다.
녹아 빛난다

# 태몽胎夢

  결혼기념일에 병산 서원 하회 마을 돌아 해 질 녘
북촌 마을 민박 감나무 집에 들었다 단 하나 남은 안
방 차지

  문틀 위에 만전萬全* 문은 어느 고승의 필적이란다
들러리처럼 선 만사형통萬事亨通은 만전의 의미를 덧칠
해 준다 나그네 하룻밤 안방마님 됨이 예사롭지 않다

  여명이 창살을 더듬을 때 유아기에 아들 닮은 깨벗
은 아기 곧추선 생식기가 클로즈업 되어 품으로 온다

  입은 무게 달고 내숭 떨어도 마음은 어느새 날개 단
다 햇살 정수리에 앉을 때 컬러링 힘찬 울림

  며늘아기다

---

* 만전: 조금도 허술함이 없이 아주 완전함

# 종갓집 풍경

추풍령이 쳐다보는 종갓집 넓은 뜨락
조상이 불러 모은 사촌 가족들
구수한 연기 속에 회포를 푼다

노송 의연한 숨결 백 년을 지켜 내고
후손들 산길을 연다
계곡 따라 흐르는 거울 같은 물
아람들 낯붉히며 풍덩거리고
왕밤 가지 감주저리 한 아름 꺾어
승용차 뒤켠에 싣는 가을

부엉이 집에서 퍼내는 종부 갈퀴손에 땀 냄새
팔음산 포도, 찐 옥수수, 갓 짜온 들기름, 고춧가루
달고 맵고 고소하다
정성 한 아름 싣고 달리는 벌초 길
조상님 웃음소리 따라온다

## 가을을 채우며

갈바람에 떨어지는 낙엽의 외침
눈시울 붉히는
설움 같은 외로움
울타리 하나 사이 둔 신호음에
맘 맞춰 산책길에 나선다

광교산 삼림욕장 아래
낙엽으로 자리 깔고
나란히 누워본다
간간이 갈라진 틈서리로 얼비치는
잠자리 날개 같은 햇살

가을을 만지고
가을을 줍는
가슴이
단풍으로 물든 오색 무늬를 찍는다

# 쇠비름

밭이랑에 지청구
그 이름 갈아엎고 새 얼굴로
잡초들의 세상 한 복판에
신데렐라로 급부상한
입신의 영예

제 몸 녹여 효소로
공복에 생즙으로
식탁 위에 반찬으로

지청구로 널려 있는 내 언어의 잡초들
쇠비름으로 변신할
그 어느 아침 생각하며
별들이 스러지는 새벽까지
지청구의 풀씨 받아
하얀 봉투에 담아 봉인한다

# 더위

해마다 한 뼘씩 폐활량을 늘이는
아열대성 입김의 위력

지루한 일상
손가락 관절 대책 없이 풀어지고
연체동물처럼 흐느적이며
연일 뿜어대는 물줄기에서
소금의 무게를 잰다

빛 한마당 넘어서면
자전거 페달을 밟는다
관절이 기름 안 친 기계 같다
시운전에 윤활유 돌면
모공마다 떡시루처럼 오르는 김
또르르 뚜르르
골짜기 타고 구르는 은방울 소리

열대야
밤의 공포가 계절을 위협한다

# 해바라기

석양 무렵 화성 담장 아래
나란히 기대선
햇살 머금고 고개 숙인 해바라기
백발의 화가가 품는다

한때 맘 한 자락 숨겨 놓고
눈 맞추지 못한 미련
깨알 같은 그리움으로
심장에 박아 넣는 꽃씨

서쪽으로 밀리지 않으려는 저항
힘찬 터치로 보여주고
꽃잎 태양으로 채워지면
삶의 욕구로 앉은 힘찬 잎새

검버섯 무늬 능선을 덮어도
해바라기 꽃잎 속에 숨는다

# 무게

걸음마 연습하는 이순의 청춘
오름 시작하는 백세 고지
앞서가는 열정이 무게에 주저앉는다
벌거숭이 들판에서 목 타게
오아시스를 찾는다

땅속 깊은 곳에서 솟는 시원한 샘물
마시고 싶다
그리고 일상의 여백
늘 푸름으로 채우는 화가이고 싶다

소금 실은 당나귀처럼 물속에 풍덩
무게 밖으로 빠져나가
후조의 날개에 실리고 싶다

# 고속버스에서

승객이 몽땅 둘
앞자리 한가하게 그네 타며 간다

죽 끓듯 변덕스럽게
대자연의 질서 갑자기 흔들리고
시야로 좁혀드는 어둠의 공포
광대처럼 춤을 춘다

호랑이 신랑에 여우 빛 색시
갑자기
시치미 떼고 배시시
창틈에 햇살 얼굴 밀어 넣으며
겸연쩍어한다

먼 산이 차례대로 달려와
줄줄이 목례하고 뿌리고 가는 연서
그 모습 파노라마 사진으로 연속 찍어
창 앞에 걸어 준다

# 이제야 알았습니다

언제까지 내 소유라 여겼던
집착 밀어내니
평화가 살포시 와서
손잡아 주었습니다

시간의 자투리 모아
색색으로 짜 맞추니
명품 조각보로
다시 태어났습니다

품 떠난 혈육의 끈
놓고 산다는 말
고개 저으며 따라가다
빛바랜 해바라기 되었습니다

처음처럼 살겠다던 언약
생명 줄 인양 걸었던 믿음
나이테의 빈혈로 왔습니다

이제야 알았습니다

# 꽃순이

계절이 바뀌는 문턱 옷장 문 열어
흐르는 시간 속 풍경을 본다
불혹의 나이만큼 내 숨결 옆에서
장롱 지켜온 고집스런 신부
연분홍 공단에
진홍빛 튤립 간간이 앉은
신혼의 단꿈 새 색시 두루마기

환상의 커플 꽃순이
수줍어 홍조 띄우던 시절
녹의홍상 위에 입은
반 두루마기 귀품 있어
첫 애기처럼 소중히 안았던 너
햇살 이글대던 봄날 아침
튤립 꽃망울로 터지던 웃음

소중함이어라
그리움이어라

# 민들레

보도블록 틈바구니의 삶
발아래 차이고 밟혀도
고개 숙이지 않은
당찬 삶
숙명인 양 받아 안는다

젊음 바치고도
어머니 젖가슴 그리워
앉은뱅이 되어도
하양 노랑 꽃술을 문다

빛바랜 삶 풍선으로 부풀려
지구 손바닥에서 굴린다
깃털로 나부끼는 영근 생명
바람 등에 업혀 먼 여행 떠난다

몸짓 하나에
미소 하나에
다 주어 버렸다
-
「이음줄」 부분

6

하더이다

# 이음줄

### - 손자

무엇과 견주랴
누구랑 견주랴
잴 수 없는 크기
뗄 수 없는 끈
그는 우주를 안고 왔다

몸짓 하나에
미소 하나에
다 주어 버렸다

내 핏줄 품을 때는
고단함에 눌리더니
인생 계단 딛고 서서
기린 모가지로 내다본 갈증 풀고

소망 안고 차고 나온
이글거리는 태양
나는 너이고
너는 나의 이음줄인 것을

심장 마주 댄 찰나에

불현듯 일러 준 큰 울림

# 연꽃

여명이 어둠 밀어내면
연꽃 맞으러 가는 설렘의 새벽

단잠 깨는 관곡지
군락 이룬 보금자리
누리 아우르는 질서가 있다
더 가짐도
덜 가짐도 없는

은구슬 너울로 쓰고 진흙탕에 앉아
축제를 위한 연등 밝혀
예술혼 꽃 피운다
오물 묻히지 않은 자존의 섭리燮理
향香, 결潔, 청淸, 정淨

섬섬옥수로 합장하고
삶의 고뇌 받쳐 든 부처님 품

# 나이테

달빛으로 그려지는
보름달 얼굴
한때는 마중 나가 기다리기도 했다

한 해 한 번 문서 들고 찾아와
차곡차곡 새겨놓는 문신
해마다 새 얼굴 새겨놓고 간다

이젠 가물가물 어지럽다
손사래 쳐 보지만
야바위꾼 회전판 같은
그 낡음 속으로 돌아가고 있다

쌓여가는 나이테의 층층
영혼의 불협화음이다

# 대추골 도서관

갓 태어나 늠름한 기상
햇살이 도서관을 밀고 온다

들숨 날숨도 예절을 지키고
손끝도 겸손하다
잉크의 물결들 벽을 안고 흐르고
눈망울이 책갈피마다 구른다

휴게실 한 자락에 쉼표를 찍는다
색색의 무늬로 아롱지는
노소老少
태양 품고 달구어 가는 여정

수평에 앉아 여백 채우는
마음 닦는 창
미래를 예지하는 희망이다

# 물 향기 수목원

꽃동네 대가족
빛 모두어 화장하고
발그레한 엷은 미소가 수줍다

더운 맘 열어 놓고
나무의 속삭임 받아 적으며
색동의 무늬로 짠다
천연색 물을 들인다

햇살 얼굴 달래가며
풍경 뒤적이며
순간을 영원으로
빛으로 그리는 그림
가을의 멜로디다

# 세계는 한 가족

낯선 얼굴들이 모여 산다
세계가 한 지붕 아래 모여
저마다 조국의 얼굴을 대표 한다

리큐르, 럼, 와인, 위스키, 코냑
기세도 외양도
자존이 하늘이다

루이14세, 나폴레옹, 발렌타인
헤네시, 시바스 리갈
모두가 수평의 자리에 앉는다
위용 과시하던 영웅도 친구가 된다

언어와 성격은 각기 달라도
동행한 시간의 정 껴안고
보디랭귀지로 고개 끄덕이며
눈 맞춰가며 아침을 연다

세계는 한 지붕 한 가족

# 페디큐어

샌들 코앞에 쏙 내민
얄밉도록 앙증스런
다섯 자매 얼굴
저마다 개성이 튄다

동그란 얼굴 위에
은하수를 들여놓고
꽃, 새, 마스코트
자유롭게 불러다 앉힌다

붓끝의 찬미
자국마다 넘치는 멋
한 철 앞 다투어 펼치는
젊음의 뜨락

## 맑음이 빚은 소리

소극장 어둠 잘라 낸 자리
커다란 달덩이 솟았다
달빛 머문 자리

모성의 기도 하나 되어
천상의 소리로 울려 퍼지는 하모니

따뜻한 발길 모두어 품어 안는 가슴에
순수의 화음
울림이 요동치는 맑음이 빚은 소리

생인손으로 만난 어울림
박수 소리 우레 같다

# 메르스 바이러스

바깥은 매운 기류
최루탄 가스의 공포다
한발 내디딜 공간도 허락지 않아
호흡이 갇힌다

활보할 때 그땐 몰랐던
저 간절한 자유의 발걸음

바이러스가 교만을 향해
소리친다

혈연의 관계마저 자르고
공포의 나락으로 밀어 넣는다

엎드려 기다린
침묵의 긴 시간
기도 속에 지나간다

살며시 고개 들고 나가
화해의 손길로 마주 잡는다

# 새벽 농장

청량한 바람 한 줄기 새벽 공기 가른다
광교 산책로
벚꽃 진자리에 생기 뿜는 잎들의 숨결
후덕한 인심 같은 흐드러진 이팝 꽃술
꽃구름 되어 그리움 불러온다

분주한 만보기 재잘거리며 간다
누워있던 터널 속 가족들
아침을 열고 입김 모아 세수한다

하루의 시작이다
잡초들의 아우성으로 뒤덮인 농장
햇살이 등 떠밀어 보낼 때까지
상큼한 땀의 노래로 온다

# 하더이다

계절풍 불 때마다 퇴색하는 잎 새
서운함 일지라도
백발로 내달리는 무전여행
순리라 하더이다

천국 언어 일곱 색 무지개
그리움 일지라도
세파에 흔들려 심성 빛바래도
가슴 시려 하더이다

사랑이 머물지 못한 자리
괴로움 일지라도
스치는 세월 속에 마주 잡는 손
인연이라 하더이다

고뇌해도 찾지 못한 행간의 공허
두려움 일지라도
쉼 없이 퍼 올리는 샘가 두레박질
채워진다 하더이다

## 아야와 앗싸

옆자리 지인의 넋두리
흔들리는 세월 무게에
헐거워지는 나사 조이기에 바쁘단다

일상의 언어 뒷자리로 밀리고
아야가 자리를 편다
일어서며 아야
앉으며 아야
들을수록 애잔하다

뒷자리 지인의 부름은
앗싸 다
일어서며 앗싸
앉으며 앗싸
기氣를 부르는 메아리
앗싸!
기왕이면 다홍치마란다

# 얼룩소

땅거미 엎드려진 산기슭
얼룩소 한 마리
뜨거운 입김 토해내며
구시렁거린다

달빛 그늘 아래 홀로 앉아
어둠의 장막 찢어 올리며
하늘 향해 씹고 있다

무인도의 외로움인가
할퀴어진 아픔인가

애써 다독이며
기도문처럼 자신을 다스리는
최면을 걸고 있다

# 창믿신믿미술관

강 화백의 출생지에
청춘의 혈기로 태어났다
일생을 닦아 빛낸 자국 자국들
연금술사의 실현
조상의 숨결 위에 얹는다

공간 메운 날 선 터치에
예리한 시선 날아 앉고
훈장 포상 여백에 조명이다
쉼 없는 도전 반짝이는 창의력
빗방울이 돌에 구멍을 냈다

가시버시로 각다분하게 올라온 정상
여기! 이곳에
정답게 마주하고 섰다
손끝 아리도록 쌓아 올린 금자탑
발자국 놓는 인연마다 혀끝이 달다

아버지 함자 창(昌)

아들 이름 신(信)

대를 이은 한 길

석양에 물든 노을 길에

가로수가 푸르다

이순耳順의 줄

쏜살같이 달려드는 적장의 기세
온몸으로 거부해도 끄덕 않는다

지공선사 맞으라니
엉거주춤한 내 모습 비웃는 듯
실루엣 되어 비춰준다

퇴색하는 잎새들
담장 타고 넘던 소프라노
그립다
도돌이표 숨 고르며 좁히는 입

달로 변한다는 이순의 고개
나이테의 현란한 무늬 주마등 타고 온다

풍경이
앉은
찻집

찬란하게 물들여 놓고
스스로를 묻어가는
저 허무

–

「노을」부분

작품해설

# 인연의 고리로 묶인 말들

지연희(시인, 수필가)

# 인연의 고리로 묶인 말들

지연희(시인, 수필가)

●

문화예술 장르의 다양한 콘텐츠는 현대인의 삶의 질을 여유롭게 극대화 시키고 있다. 손 뻗으면 누릴 수 있는 아름다움이 도처에 자리하고 있어 가슴을 채우는 기회의 천국이다. 다만 가시적인 공간으로부터 직감적 오감으로 흡입되는 음악, 무용, 연극과 같은 공연예술에 밀려 정신문화의 선봉에서 예술기능의 절대적 가치로 우선시 되는 문학의 현주소는 어디에 머물고 있는지 생각하게 된다. 나날이 늘어나고 있는 시인, 수필가 등 문학인들의 부단한 창작의욕은 대한민국 문학발전의 원동력이지 싶다. 문학을 마치 화려한 장식품처럼 어깨에 걸쳐 놓은 문인들도 있다 하지만 최선의 노력으로 삶의 곁에 두어 동행하고 있는 문학인들이 있어 세상은 보다 아름다울 수 있다고 믿는다.

2013년 계간『문파』신인상을 받고 문단활동을 하고 있는 임종순 시인이 첫 시집『풍경이 앉은 찻집』을 상재한다. 사진 찍기를 좋아하는 시인의 발걸음이 담아 놓은 자연의 풍광이거나 여행지에서 풀어 놓은 정서들이 한 권의 시집으로 묶였다. 사물의 실체를 구도를 잡아 카메라 렌즈 안에 담아내는 시선이나, 마음의 선으로 감성의 가닥을 언어라는 도구 안에 앉히는 작업 모두 궁극적으로 아름다움을 짓는 일이다. 슬픔의 아름다움이든 기쁨의 아름다움이든 어떤 존재에 대한 세상 위에 얹히는 특별한 의미발현이다. 오늘 임종순 시인의 첫 시집 출간의 의미 속에 담긴 의도에 귀 기울이게 되는 이유도 때문에 소중하다.

노소의 구별 없이 기울이는 물그림자
슬픔인지 그리움인지
빛바랜 잎새에 붙이는 낙서
맴돌다 흔적 없이 사라진다

물 위에 뜬 사랑의 징표는
나와는 아무 상관 없다는 듯
쉬 풀어지고 만다
마음만은 놓치고 싶지 않은
젊은 날의 초상
찻잔의 굴레를 돈다.
                    - 시 「풍경이 앉은 찻집」 중에서

화성 봉수대 아랫마을
온기 사라진 골목
계단마다 아픔으로 덜컹거리고
깊은 동공으로 쏘아 보는
창 지붕을 가로지르는 고양이 목젖이 붉다

입추의 여지 없이 만삭인 우편함
바닥에 널브러진 숱한 사연들
발자국 스탬프 찍힌 채 누워 뒹군다

수신인 떠난 편지
허공에 멋대로 그려놓은
파문이다
                    - 시 「저문 날의 편지」 전문

　계절의 변화는 마른 펌프에 풀무질을 하듯 감성의 가닥을 흔들
어 놓게 된다. 사계절의 뚜렷한 색채들이 자연스레 감각을 자극
하여 시인의 가슴은 계절의 색감으로 물들지 않을 수 없다. 특히
단풍의 아름다운 가을산천을 마주하며 무심할 수 없는 감성이 찻
집 유리창 밖 기억의 창으로 유도하는 시간이동이 시 「풍경이 앉
은 찻집」이다. 단풍진 가을의 색감으로 풍경을 이루는 나뭇잎의
변화를 '시리게 물감 풀었다'라는 시각적 표현으로 유도하고 있
어 주목하게 된다. 사물이 혹은 세상의 모든 존재들이 시인의 시
안 그 너머로부터 통합되고 분리되고 해체되어 진다. 3연의 크기
로 의미를 담는 이 시는 푸르던 젊음의 시절을 지나 시리게 물든
단풍으로부터 흘려보낸 빛바랜 가을 잎새에 부치는 추회追懷이
다. 가을 찻집 창가에 앉아 찻잔에 띄우는 회상으로 '마음만은 놓
치고 싶지 않은 젊은 날의 초상'이다.

　화성 봉수대 아랫마을이라는 공간성은 온기 사라진 수신인 떠
난 삶의 흔적만 널브러진 장소다. 이곳에는 재개발 지역의 황량한
폐허를 배경으로 주인 잃은 삶의 흔적들이 질퍽한 모양새로 놓여
있다. '온기 사라진 골목', '계단마다 아픔으로 덜컹거리고', '깊은
동공으로 쏘아 보는 목젖이 붉은 고양이', '입추의 여지 없이 만삭

인 우편함' 등으로 분리된 존재들의 소외된 아픔이 주인으로 대신하고 있다. '수신인 떠난 편지/허공에 멋대로 그려 놓은/파문이다'로 시 「저문 날의 편지」를 축약하여 보여주는 이 시의 본질은 시대적 현실에 밀려 개발정책 이주의 주인공이 되어 사라진 사람 떠난 빈집의 쇠락을 극명하게 그려주었다.

옛것을 찾아
우리 멋 찾아 풍경 사냥꾼
매의 눈으로 섰다

한마당 축제의 장
세계의 발걸음 쌈지길로 몰려와
사물놀이 장단도 어울림이다
고뇌로 녹여 낸 청백자
가녀린 선의 미학
우아한 몸빛
장인의 혼 가슴 흔드는 감동
          – 시 「인사동 쌈지길」 중에서

썰물처럼 빠져나간 마을 어귀
소 울음소리 여운
못내 아쉬운 오월 끝자락

하릴없이 빈둥대는 전봇대
뭉개진 광고 자락 더듬고 섰고
처마 밑 우편함 소화불량에 걸려

올렁증 앓는다
뼈대 허문 자재 더미
끼리끼리 입 벌리고
앉아 갈 길을 묻는다

지붕 날린 휑한 벽
새벽이슬에 젖어 바보처럼 웃고 섰고
개미 굴 같은 골목 안길
주인 잃은 수척한 삽살개 한 마리
땅거미 속을 떠돈다
　　　　　　– 시 「우음도 폐가에서」 전문

　인사동 하면 한국의 상징적 상권으로 많은 관광객이 다녀가는 곳이다. 이곳은 여러 나라의 외국인들이 대한민국의 다양한 문화를 접하려 찾는 관광명소이다. 다른 나라 사람들뿐 아니라 내 나라의 정취에 취하려는 한국인들도 모여드는 인사동 거리를 시인의 시선에 따라 다가설 수 있었다. '한마당 축제의 장/세계의 발걸음 쌈지길로 몰려와/사물놀이 장단도 어울림이다/고뇌로 녹여낸 청백자/가녀린 선의 미학/우아한 몸빛/장인의 혼 가슴 흔드는 감동'으로 그려낸 인사동 쌈지길 예찬은 한국인의 전통 예술의 가치를 심도 깊게 짚어내고 있다. 사물놀이패의 장단, 장인의 손으로 빚은 도자기, 고풍스러운 한복의 우아함까지 한국의 얼과 아름다운 예술혼의 숨결을 자랑스럽게 그려내는 시인의 정신은 깊은 애국적 시혼이다.

　시 「우음도 폐가에서」는 앞서 제시했던 시 「저문 날의 편지」로

전해주던 시선의 연결선상으로 감상할 수 있는 배경이라고 본다. 지역 공간의 편차는 있으나 '폐가'와 '주인 잃은 온기 사라진 골목'은 저문 날(폐허)의 상징적 공간으로 동일시되어도 무방하다. '무엇'을 문학작품의 벡터로 삼을 것인가는 '어떻게 쓸 것인가'를 능가하는 중요한 부분이다. 두 작품의 축이 모두 '황량함'이라고 볼 때 그러나 각기 소재의 차별성으로 지닌 낯설음이 독자의 시선을 끄는 요소가 아닐 수 없다. '지붕 날린 휑한 벽/새벽이슬에 젖어 바보처럼 웃고 섰고/개미 굴 같은 골목 안길/주인 잃은 수척한 삽살개 한 마리/땅거미 속을 떠돈다'는 폐가의 공간을 확대시키고 있다. 썰물처럼 빠져나간 마을 어귀에서 주인 잃고 수척한 삽살개 한 마리가 붉은 목젖 들어내고 나그네를 쏘아보던 고양이와 오버랩 되어 두 작품의 긴장감을 고조시킨다.

산부인과 의사다 일 년에 한두 번 메스를 들고 만삭의 모체를
제왕절개 하는 인턴 과정의 견습의

받아 내는 태아 무사토록 손끝 야물게 달려들어 날선 칼날로
어둔 터널을 헤쳐 나간다 여린 피부에 흠 갈까 고운 몸매에 상
처 낼까 행여 장애를 입힐까 긴장하는 칼날

자궁 문 열어 보니 똘망똘망한 녀석들 여럿 앉았다 혼자보다
여럿일수록 대접 받는 세상 붉은 탯줄 줄줄이 엮여 끌려 나오
는 대견한 미래들

날로 핵가족화 되어도 풍성한 대가족이 힘이다
　　　　　　　　　　　　　　　　　　- 시 「고구마를 캐며」 전문

골목 안에
파도 소리 철썩인다
파도처럼 가파른 삶의 현장

풍성하게 쏟아 놓은 어족
제 혈통 찾아 앉히고
함지박 좌판 위에서
인내를 가르친다

호기 부리는 놈
바다를 향한 몸부림
쉼 없이 도전하는 패기도
한계를 일러준다

그칠 줄 모르는 인파
활기찬 삶의 현장
출렁이는 파도를 탄다

- 시 「어시장」 전문

생명 존재의 근원적 가치는 결실의 수확이다. 나무가 열매를 잉태하고 대지에 씨앗을 심는 생산의 질서는 면면히 뿌리의 연을 잇는 혈손의 존속이다. 시「고구마를 캐며」는 고구마밭에서 줄줄이 뿌리에 매달려 나오는 수확의 풍요를 그려내는 과정이다. 마치 산부인과 주치의가 메스를 들고 만삭의 모체를 제왕절개 하는 인턴과정의 견습의가 되어 태아를 받아내는 듯한 모습이다. 쌍쌍의 태아가 산모로부터 분만되어지는 과정으로 집약하고 있는 「고구마를 캐며」는 핵가족 사회로 이어진 현대인의 삶 속에서 다산의 풍성함을 말해주고 있다. 아이를 낳아 기르는 일에 대하여 터부시하는 젊은이들의 자유로운 영혼에 던지는 메시지라고 생각한다. '자궁 문 열어 보니 똘망똘망한 녀석들 여럿 앉았다 혼자보다 여럿일수록 대접 받는 세상 붉은 탯줄 줄줄이 엮여 끌려 나오는 대견한 미래들' 날로 핵가족화 되어가는 오늘날 풍성한 대가족이 힘이라고 믿고 있다.

　　시 「어시장」에서는 시장 골목의 좌판에 펼쳐진 살아 움직이는 물고기들의 팔딱임을 듣게 된다. 파도소리로 철썩이는, 파도처럼 가파른 삶의 현장 속에서 어시장의 활기를 스케치하고 있다. '풍성하게 쏟아 놓은 어족/제 혈통 찾아 앉히고/함지박 좌판 위에서/인내를 가르친다'는 함지박 좌판 위 각기 혈통에 따라 분리하여 놓인 어류들의 움직임도 만만치 않다. 이제 막 고깃배에서 부려진 파도 소리 지우지 못하고 바다를 향한 몸부림으로 패기를 부리던 놈도 한계를 알게 된다는 어시장 골목 좌판 위 순명의 질서를 한눈에 익힐 수 있게 된다. 마치 숨을 내려놓는 일 운명처럼 엮여진 순응의 그림이다. 그로써 어시장 골목의 인파는 그칠 줄 모르고 출렁이는 인파를 타고 활기찬 삶의 현장은 이어지고 있다.


　　여름이 복달임을 한다
　　타들어 가는 잎새의 할딱이는 호흡
　　가는 물 한 모금에 겨우 부지하는 생명들

　　비를 꿈꾼다

곤한 밤에 장대비 한줄기 쏟아진다
휘모리장단의 춤사위에
막힌 호흡이 튼다
쨍한 아침
가슴에 날 선 여운이 떨어진다

　　　　　　　　　　　　　－ 시 「가뭄」 전문


앙상한 벚나무에 눈꽃 내려앉고
오래 묵은 추억 한 자락 햇살로 다가와
그리움 베어 문다


실핏줄 깨우는 수맥
목련 가지마다 봄을 채비한
앙다문 앳된 얼굴
입술 포개는 젊음들이다


창가에 기댄 맘 가지에 걸어 두고
내가 그를 부르듯
그가 나를 부르듯
봄이 오는 길목에 마중 나와 섰다

　　　　　　　　　　　　　－ 시 「봄을 기다리며」 전문


　시 「가뭄」과 시 「봄을 기다리며」는 각기 여름과 봄의 계절이 지
닌 특징적 색채로 의미를 형상화하였다고 본다. '여름이 복달임을
한다'는 시 「가뭄」에서는 삼복의 찌는 무더위를 '타들어 가는 잎

새의 할딱이는 호흡'으로 가뭄의 힘겨운 이미지를 점묘하고 있다. 이토록 지속되는 숨이 가쁜 가뭄은, 가는 물 한 모금에 겨우 부지하는 생명들로 비를 꿈꾸게 된다. 꿈은 이루어진다는 속설 때문인지 '곤한 밤에 장대비 한줄기 쏟아진다'는 이 신선함의 빗줄기는 휘모리장단의 춤을 추고 온갖 생명의 막힌 호흡을 틔우고 있다. 한여름 가슴으로 앓는 가뭄의 크기를 '복달임한다'로 구체화시킨 상징적 이미지에 주목하게 한다.

봄을 기다린다는 의미는 설렘이다. 긴 겨울의 회색빛 무료함을 무장해제 시키는 봄날의 색감이야말로 신비의 세계를 여는 신세계가 아닐 수 없다. 시 「봄을 기다리며」는 어느 계절에서도 느낄 수 없는 사계절의 근원적 의미로 그 바탕을 이루며 여름 · 가을 · 겨울의 크기를 디자인하는 순도 높은 다층적 색감을 지니게 된다. '앙상한 벚나무에 눈꽃 내려앉고/오래 묵은 추억 한 자락 햇살로 다가와/그리움 베어 문다'는 햇살의 추억 한 자락이 실핏줄 같은 수맥을 열고 벚나무, 목련 가지마다 봄을 피워 낼 준비를 한다. 하여 앙다문 앳된 얼굴 입술 포개는 젊음들의 뜨거운 열망이 꽃을 피우는 봄으로 깨어나고 있다.

　　산사 선방에
　　심신 정갈하게 다듬어
　　안거에 드신다

　　벽 보고 마주 앉아
　　이 뭐꼬
　　이 뭐꼬

무얼 찾을까
무슨 소리 들을까
얽힌 매듭 푼다

선사 한 평생
벽 보고 산다
　　　　　　　　　　　－ 시 「벽」 전문

새벽녘 어머니 떠난 빈자리
항변 한번 못하고
상좌에 오른
이른 아침 백합꽃 같던 그녀

볼 붉은 시절
일곱 밤송이 매달고
바람이 흔들어도 용케 버틴 작은 밤나무
밤꽃 필 때면
넌지시 살피는 물기 어린 눈빛
마른 손에 적셔준 온기는
금자탑 주춧돌로 앉았다

그 사랑 겹겹이 내 안에 숨결로
살아 흐른다.
녹아 빛난다
　　　　　　　　　　　－ 시 「당신의 길」 전문

산사 선방에 심신 정갈하게 다듬어 안거에 드시는 큰 스님이 벽의 문을 두드리며 끊임없는 질문에 들었다. 살아있다는 일이 다 고행이지만 다 헤아리지 못한 생존의 의미들에 대한 면벽 기도이다. 태어나며 주어진 삶의 몫이지만 다 허망의 늪이었다는 사람의 내력은 죽음의 문 앞에서도 깨닫기 어려운 질문 하나를 남기고 있다. '벽 보고 마주 앉아/이 뭐 꼬/이 뭐 꼬//무얼 찾을까/무슨 소리 들을까/얽힌 매듭 푼다'는 스님의 면벽 기도는 한 평생의 질문 속에서도 그 매듭을 풀지 못하는 모양이다. 불자인 시인의 시선에 묶인 큰 스님의 선방 칩거는 쉬이 풀리지 않아 평생의 화두로 등짐 하나 지고 벽보고 사신다.

당신이라고 불리어지는 어머니의 삶이 내 안 숨결로 살아 흐르고, 녹아 빛나고 있는 시 「당신의 길」은 살아생전 어머니의 일생을 측은지심으로 내다보고 있다. 항변 한번 하지 못하고 살아오시더니 새벽녘 떠난 빈자리가 한량없이 크더라고 한다. 이른 아침 백합꽃 같던 그녀는 일곱 밤송이(7남매)매달고 온갖 바람이 불어도 용케 버티어온 밤나무였다. '볼 붉은 시절/일곱 밤송이 매달고/바람이 흔들어도 용케 버틴 작은 밤나무/밤꽃 필 때면/넌지시 살피는 물기/어린 눈빛 마른 손에 적셔준 온기는/금자탑 주춧돌로 앉았다'는 어머니의 사랑은 내 안 겹겹의 숨결로 살아 흐르고 녹아 빛나고 있다. 세상 어떤 어머니라 하여도 생명의 근원적 끊어버릴 수 없는 매듭으로 연결되어진 이 거룩한 인연의 고리는 생사를 뛰어넘어도 젖은 그리움의 가슴으로 해체할 수 없음을 시 「당신의 길」은 극명하게 제시하고 있다.

옷을 입고 詩의 이름으로 명명되어진, 시인 존재들에게는 아름다운 노래가 스며있다. 각 비 된 메시지이다. 임종순 시인과 남편의 육성으로 들을 수 있는 QR코드 속 빛나는 낭송시뿐 아니라 나머지의 시편들이 전하는 울림의 감동은 시인의 역량을 확인하기에 충분하다. 첫 시집의 출간은 가슴 두근거리는 기쁨과 부끄러움도 없지 않지만 좋은 시들이 많아 독자의 공감대를 여는 기회가 되리라는 기대를 지니게 한다. 다만 문학은 끊임없이 치열한 투신으로 얻는 결과물이며 완성을 향한 미완의 반복된 걸음이라는 사실을 염두에 두어 준다면 더 좋은 시인의 반열에 닿을 수 있다. 축하드리며 건필을 기원드린다.

풍경
앉은
찻집

# 풍경이
# 앉은
# 찻집

임종순 시집